"Aprendamos Juntos"
Segundo Año

Español

Matemáticas

Ciencias Naturales

Geografía

Historia

I0895161

Formación Cívica y Ética

Introducción

Aprendamos Juntos es una guía escolar que constituye un excelente auxiliar didáctico para el segundo grado de educación básica primaria.

Este libro contiene actividades sencillas y muy divertidas para repasar los temas que sus hijos están aprendiendo en la escuela como: Español, Matemáticas, Ciencias Naturales, Geografía, Historia y Formación Cívica y Ética.

Su amplio repertorio de actividades, basado en los programas oficiales, será el complemento ideal de lo aprendido en las clases.

Con su apoyo y esta guía, sus niños pasarán un rato entretenido reforzando sus conocimientos y habilidades, jugando.

ESPAÑOL

Sílaba Tónica

Encierra en un círculo la sílaba tónica.

Antipático Árbol Jardín Olla

Albóndiga Tuyo Pídeselo Oscuridad

Ejército Hablamos Pared Vagabundo

Ordena las sílabas e ilumina la sílaba tónica.

gen-vir ____ diz-per ____ brí-co-li ____ llón-mi ____

jer-mu ____ bum-ál ____ la-ve ____ tre-es-llas ____

Orden Alfabético

Ordena las palabras alfabéticamente.

escuela cumpleaños araña número
princesa castillo xilófono yoyo ruedas
inglés dado grasa foco queso sastre

1.________	6.________	11.________
2.________	7.________	12.________
3.________	8.________	13.________
4.________	9.________	14.________
5.________	10.________	15.________

Escribe una historia con las palabras anteriores.

____

____

____

____

____

____

____

ESPAÑOL

La Leyenda y los Tiempos Verbales

✎ Investiga una leyenda del lugar donde vives y escríbela.

____

____

____

____

____

____

✎ Une con una línea los verbos con el tiempo verbal que les corresponde.

comió corro vende cenaré bailó juega

caminaré pasa abrió escribirán vuela

contaron verá escuché atraviesa decidirá

PRESENTE PASADO FUTURO

La Entrevista y Descripción

Realízale una entrevista a una persona importante de tu comunidad. Completa las siguientes preguntas.

¿Cómo se llama? ______________________________

¿A qué se dedica? ______________________________

¿En qué consiste su trabajo? ______________________________

____

¿Le gusta su trabajo y por qué? ______________________________

____

¿Qué otras actividades le gusta realizar? ______________________________

____

Describe los oficios.

____

____

____

____

____

____

____

____

ESPAÑOL

Adjetivos Calificativos y Uso de h, r y rr

Describe los objetos con adjetivos calificativos.

 ______________ ______________

 ______________ ______________

 ______________ ______________

 ______________ ______________

Escribe la letra que falta para completar las palabras.

son__eí__  a__u__a 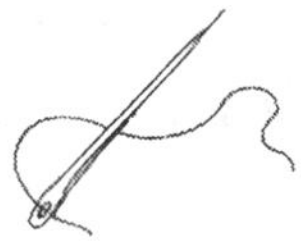

ca__e__a __ada ca__o 

 ca__ iola __e__inga 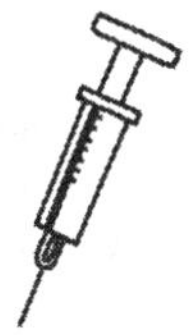

fe___ocarril __ ueso

Palabras Compuestas e Indígenas

Junta las palabras para formar una nueva.

tela + araña	hoja + lata	para + rayos
______________	______________	______________
boca + calle	rompe + cabezas	salta + montes
______________	______________	______________
sol + dado	espanta + pájaros	lava + platos
______________	______________	______________

Realiza un dibujo que ilustre las palabras.

chile	aguacate	atole	tlacoyo	totopo
cacahuate	tejocote	chilaquiles	esquites	tamal
guacamole	mole	nixtamal	pozole	zacate

La Noticia y los Anuncios

Redacta una noticia de acuerdo con los dibujos.

____

____

____

____

____

Ilumina de verde los anuncios ecológicos y de rojo los comerciales.

CUIDA LOS ÁRBOLES	NO CONTAMINES LOS RÍOS	PRUEBA LA NUEVA BEBIDA DE TOM
CONOZCA EL INCREÍBLE COCHE	UTILIZA PAPEL RECICLADO	BUZCA EL PREMIO EN LA ENVOLTURA
APAGA LAS LUCES PARA AHORRAR ENERGÍA	DEBES DE TENER LA NUEVA PATINETA	

ESPAÑOL

Los Pronombres Personales

Completa el crucigrama con los pronombres personales que faltan en las oraciones.

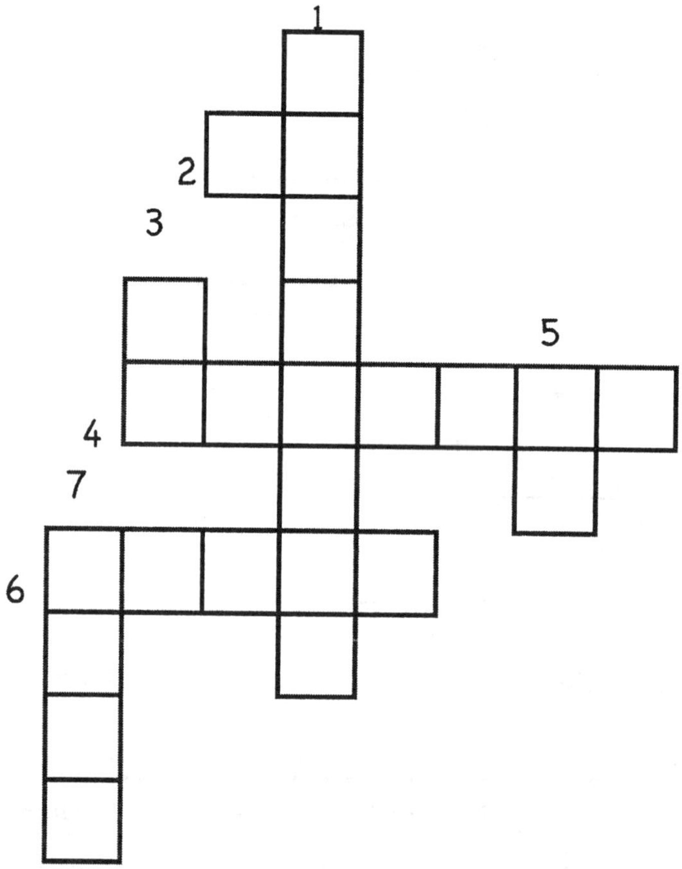

1.- Los caballos en el corral son de ________________.

2.- ______ soy el encargado de la entrada.

3.- ______ eres el dueño del nuevo barco.

4.- ____________ están parados sobre un gran nopal.

5.- _____ es el campeón de natación.

6.- _________son los extranjeros que vienen de Europa.

7.- A ________ le gusta bailar mucho en las fiestas.

ESPAÑOL

El Cartel y la Carta

Escribe lo que los personajes ofrecen en los carteles.

Miguel se fue de vacaciones al rancho de sus abuelos y quiere escribirle una carta a su amigo José contándole todo lo que ha hecho. ¡Ayúdalo!

Fecha:______________

José:

ESPAÑOL

La Rima

Subraya las palabras que riman e ilústralas.

Treinta días trae septiembre,
con abril junio y noviembre.
De veintiocho sólo hay uno
Y los demás treinta y uno.

La pingüina Alina se quiere bañar,
pero no la dejan se puede resfriar.
Solamente juega sobre la arenita,
haciendo castillos con una palita.

A la silla la reina
que nunca se peina,
un día se peinó
y la silla se rompió.
Al paso, al paso, al paso.
Al trote, al trote, al trote.
A galope, a galope, a galope

Escribe una rima con las terminaciones que se te indica e ilústrala.

______________________________ o

______________________________ a

______________________________ o

______________________________ a

ESPAÑOL

Las Oraciones

Ordena las palabras para formar las oraciones.

se hora qué Julián? a ¿A esquiar fue

____

se león ¡El su escapó jaula! de

____

la está la ¿Dónde de primavera? feria

____

divertido ¡Qué está mesa! el de juego

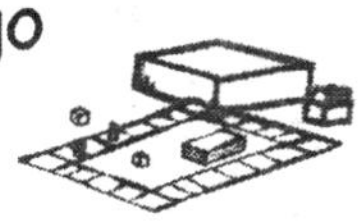

____

Colócale a las oraciones los signos interrogativos o exclamativos que correspondan.

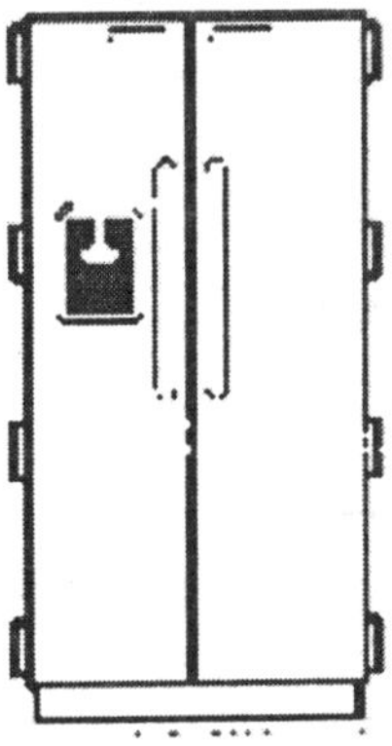

Cuántas latas están en el refrigerador

Cuidado con el perro

Quién está tocando la puerta

De quién es esta chamarra

Qué rápido corre Mauricio

ESPAÑOL

El Cuento

Escribe en los recuadros los números que marquen el orden de las oraciones para formar el cuento.

El Hombre y la Estrella

☐ Pero se dio cuenta que era sólo el reflejo de la estrella y la dejó.

☐ Otra noche vio de verdad en el agua un pez, mas creyó que era el reflejo de la estrella, como la otra vez.

☐ Un hombre vio la luz de una estrella en el agua y creyó que era una trucha.

☐ Durante dos horas estuvo tratando de pescarla.

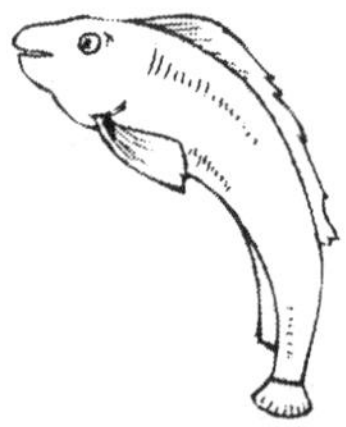

☐ Así que se fue sin tratar de pescarlo y lo perdió.

Escribe tu propio cuento.

____

____

____

____

____

____

____

____

ESPAÑOL

El Punto y la Coma

Coloca comas y puntos donde hagan falta.

Ricardo comió pan salchichas jamón queso y empanadas

María corrió por la plaza la escuela y el parque

Sandra tiene diez gatos dos perros y un loro

A mí me gusta el azul el verde el rojo y el naranja

Mario Pedro Julián y Beto se fueron muy temprano

Adrián colecciona canicas estampas fichas y coches

ESPAÑOL

Juego de Palabras

Une el dibujo de la respuesta correcta a la adivinanza.

Fríos, muy fríos estamos
y con nuestros sabores
a los niños animamos.

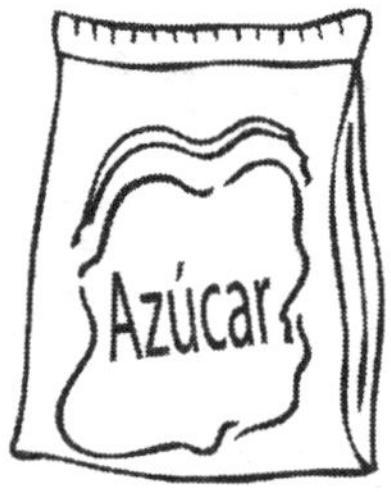

Soy blanca como la nieve
y dulce como la miel;
yo alegro los pasteles
y la leche con café.

Una cajita chiquita,
blanca como la cal:
todos la saben abrir,
nadie la sabe cerrar.

Es como algunas cabezas
y lleva dentro un cerebro,
si la divido en dos piezas
y la como, lo celebro.

Seguir instrucciones

Escribe las instrucciones para completar las partes que le faltan a la cara del payaso.

Ojos:____

Nariz:_______________________________________

Boca:____

Mejillas:______________________________________

Ortografía

Escribe las letras que les faltan a estas palabras.

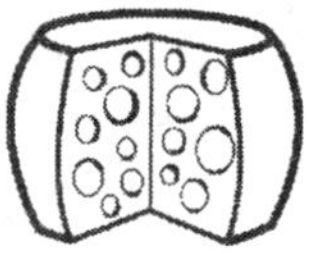  500  

_____so _____sadilla _____nientos _____jote _____osco

Km.  

____lómetro ____mar ____lo almana____ embar____

estan_____ mani_____ ma_____llaje mante_____lla

Escribe c, s, o z para completar las palabras.

lu__es veje__ direc__ión cono__ca divi__ión

lu__ lápi__es rela__ión explo__ivo cri__is

produ__ca televi__ión lombri__ análi__is

Sinónimos y Antónimos

Escribe el antónimo de las palabras subrayadas para cambiar la historia.

Hace **mucho** ____________ tiempo, un niño **corría** ___________ por un prado. Iba muy **contento** ____________, cuando encontró una tabla. El niño se **paró** _______________ en ella y ésta comenzó a moverse.

De repente, la tabla salió volando por el **cielo** __________. El niño se agarró **fuertemente** _________________a ella, pero al pasar entre unos árboles, una rama lo **atrapó** ______________ y el niño se **levantó** ______________ .

Después de un **largo** _______________rato, el niño se **despertó** _________________ en el pasto, por lo que pensó que todo había sido un **sueño** ________________.

Escribe en el paréntesis el número que corresponda al sinónimo de las palabras.

ALEGRE ( )	1.- AEROPLANO
APARECER ( )	2.- PLUMA
AVIÓN ( )	3.- DANZA
BAILE ( )	4.- GOZOSO
BOLÍGRAFO ( )	5.- SURGIR

ESPAÑOL

Sustantivos Propios y Comunes

Encierra en un círculo los sustantivos propios y en un cuadrado los comunes.

MÉXICO JERINGA MARÍA MÉNDEZ LAPICERO

HOSPITAL GENARO SILLA MARGARITA PIJAMA

CUERNAVACA JIMÉNEZ LÁMPARA HIMALAYA

ZAPATO SUSANA MESA CARRO BLANCA

Escribe dentro del papalote los sustantivos comunes.

CAMPECHE
ESTUCHE
LONDRES
MOCHILA
LUCÍA
RELOJ
ANDREA
LIBRO
LOURDES
CAMA
ARGENTINA
CASA
MARÍA
GUATEMALA

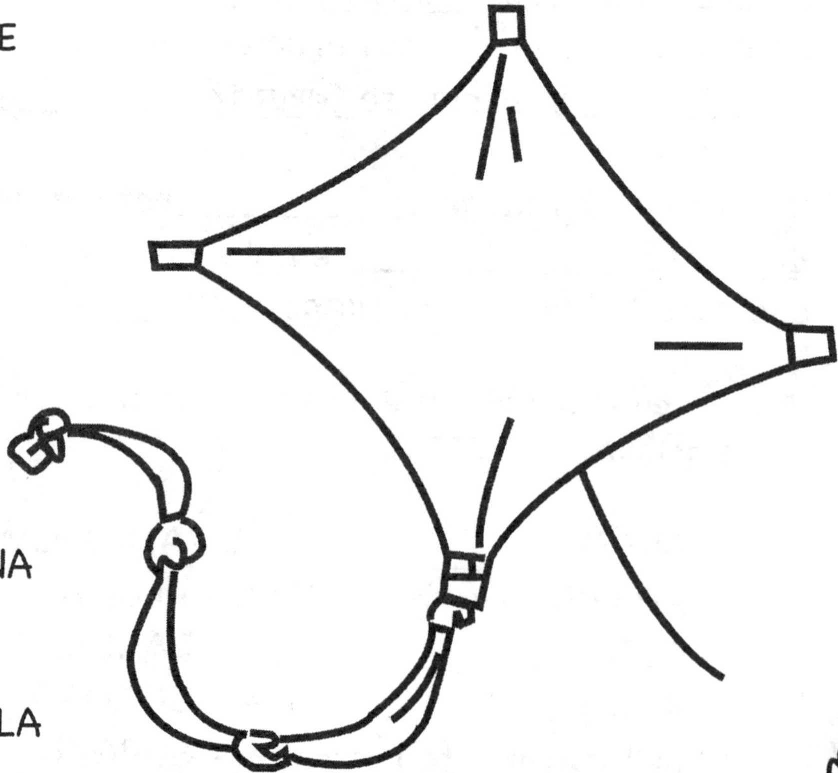

ESPAÑOL

Aumentativo y Diminutivo

Escribe el aumentativo de cada dibujo.

__________ __________ __________ __________

__________ __________ __________ __________

Enlaza el diminutivo con su aumentativo.

GATOTE	SUETERCITO
CARACOLOTE	GORRITA
PANSOTE	PELOTITA
CASOTA	GATITO
PELOTOTA	BLUSITA
GORROTA	CARACOLITO
SUETERSOTE	CASITA
BLUSOTA	PANECITO

MATEMÁTICAS

Series Numéricas

Escribe los números que faltan para completar las series.

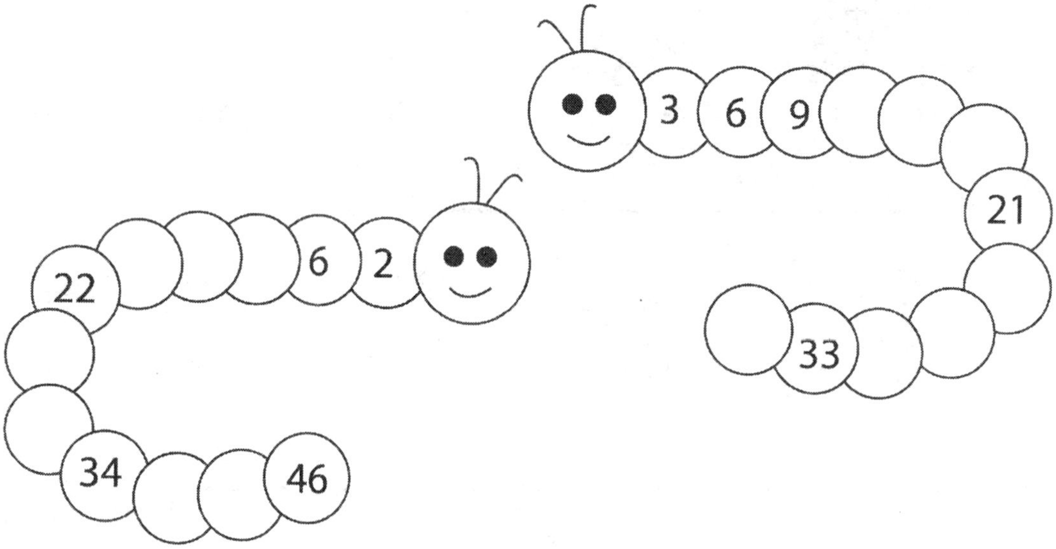

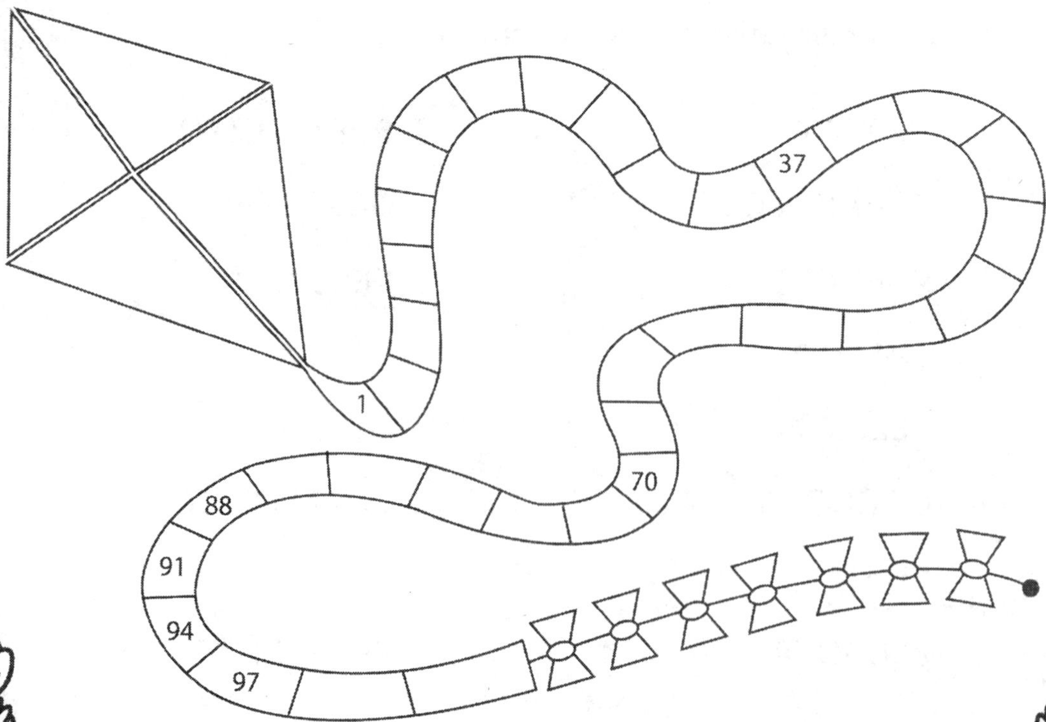

MATEMÁTICAS

Problemas

Tacha la respuesta correcta.

¿Cuántos conejos faltan por llegar a las flores?

6 8 11 9 12

Al llegar al salón de clases, cada alumno toma un cuaderno. ¿Si ya han llegado tres alumnos, cuántos niños faltan en el salón? 9 12 2 20

Se va a hornear un pastel por cada tres cerditos. ¿Cuántos pasteles se necesitan hornear en total?

7 15 3 12 4

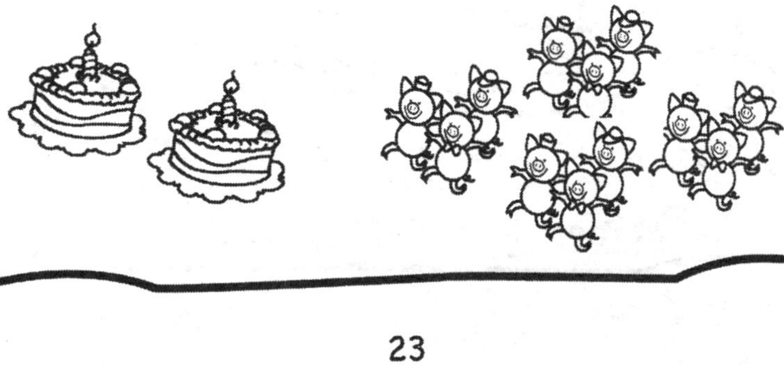

MATEMÁTICAS

Antecesor y Sucesor

Para poder llegar a la meta y ganar la copa debes de completar los recuadros de la carretera. Cada fila es una serie distinta.

	13	19			37

50	61			94	

5		19			40

Completa la serie.

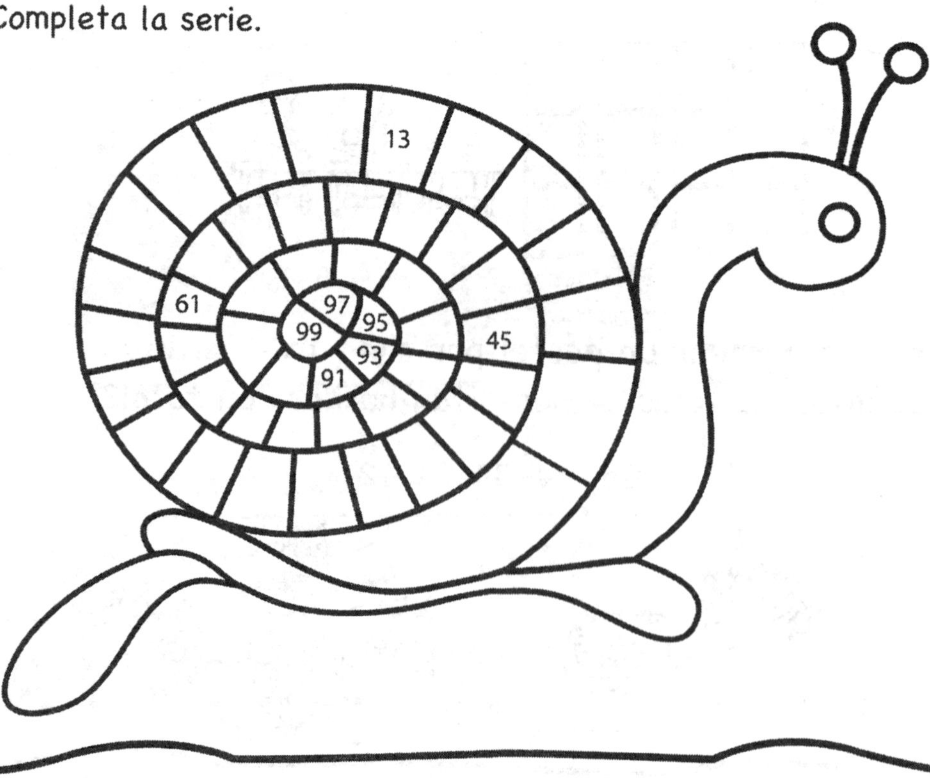

MATEMÁTICAS

Unidades, Decenas y Centenas

Encierra en un círculo las decenas y en un cuadrado las unidades.

Escribe en la línea cuántas centenas hay en cada cantidad; ya sea con número o con letra, según corresponda.

doscientos	800	700	quinientos
______	______	______	______

900	cuatrocientos	600	cien
______	______	______	______

300

______

Perímetro

Saca el perímetro de los objetos, sumando la medida de todos los lados de cada figura.

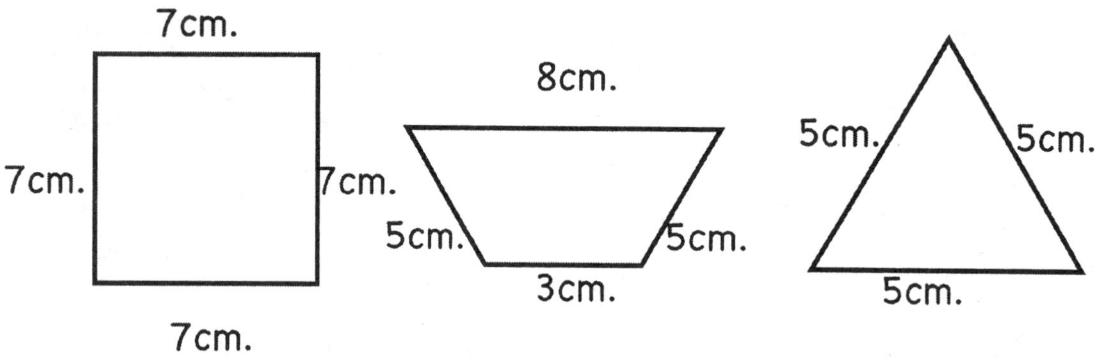

Cuadrado:________cm. Trapecio:________cm.

Triángulo:________cm.

Ayuda a los albañiles a saber cuántos metros de barda se necesita construir alrededor de la cancha de futbol.

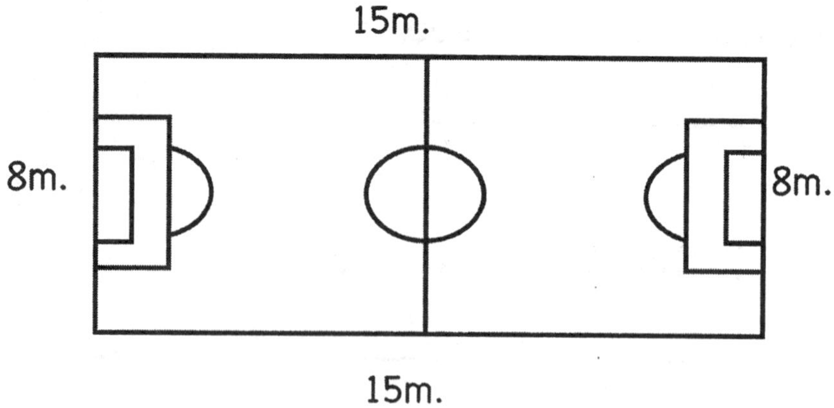

Respuesta:____________m.

El Tiempo

✎ Une la respuesta correcta a las siguientes adivinanzas.

Aquí estamos doce hermanos;
yo, que el segundo nací,
soy el menor entre todos:
¿Cómo puede ser así?

¿Qué cosa es, qué cosa es?
que vuela sin tener alas,
y corre sin tener pies.

Doce son los hermanitos,
uno es el benjamín,
siete son los mayorcitos
y los cuatro restantes
los más pequeñitos.

Un árbol con doce ramas,
cada rama, cuatro hijas,
cada hija, siete hijos,
me dices ¿cómo se llama?

EL TIEMPO

FEBRERO

EL AÑO

LOS MESES

✎ Subraya la respuesta correcta.

Los días de la semana son **siete/nueve**.

El miércoles es el **quinto/tercer** día de la semana.

Cada **cuatro/seis** años febrero tiene **28/29** días.

MATEMÁTICAS

Gráfica

María salió de compras al mercado, registra todo lo que compró.

ARTÍCULOS	NÚMERO DE ARTÍCULOS	PRECIO	PRECIO TOTAL
		$10 pesos por pieza	
		$4 pesos por pieza	
		$50 pesos por loro.	

Ahora marca sobre la línea punteada, una línea corta en el producto más barato, una mediana en el menos barato y una larga en el más caro.

Empanadas --

Duraznos --

Loros --

MATEMÁTICAS

Medidas de Longitud

Contesta lo que se te pide.

¿Cuántos metros debe caminar el pollito para llegar con su mamá? Cada rayita equivale a 1 metro.

Respuesta: ________m.

Si cada cuadrito equivale a 1km. ¿Cuántos kilómetros debe caminar el cartero para llegar a la casa?

Respuesta: ________Km.

Convierte las siguientes medidas a las unidades que se te pide.

km	hm	dam	m	dm	cm	mm

4 Km.________m. 70 dm.________mm. 30 hm.________Km.

15dam.________hm. 0.3 m.________cm. 0.03mm.________m.

Problemas

Resuelve los siguientes problemas, tachando el dinero que se necesita y escribiendo sobre la línea la respuesta.

Mario y Beto van a salir de vacaciones y compraron: bloqueador solar de $35 pesos, una pelota de $20 pesos y 2 botellas de agua de $7 pesos cada una. ¿Cuánto pagaron?

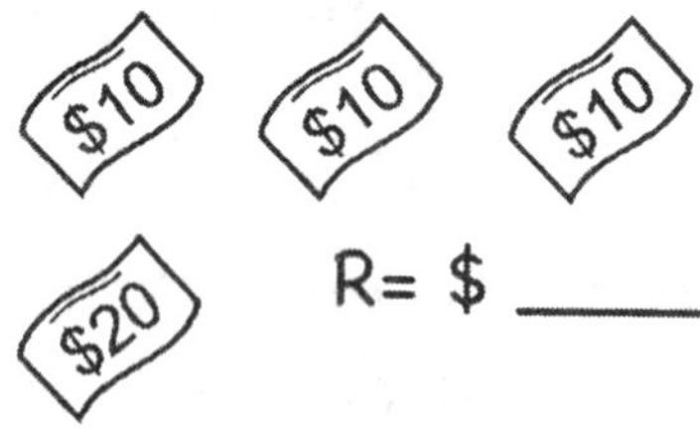

R= $ ___________

Karla compró para su fiesta: una bolsa de globos de $20 pesos, una caja de paletas de $30 pesos y dos conos de serpentinas de $8 pesos cada una. ¿Cuánto pago?

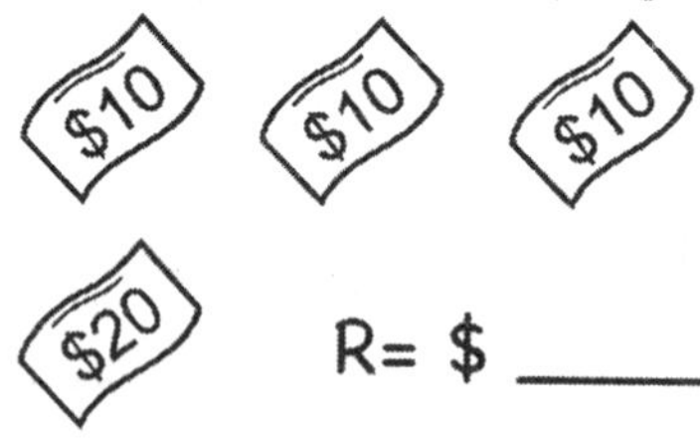

R= $ ___________

Rodolfo compró dulces para sus amigos: 4 paletas de $4 pesos cada una, 5 bombones de $ 4 pesos cada una y un paquete de galletas de $10 pesos. ¿Cuánto pagó en total?

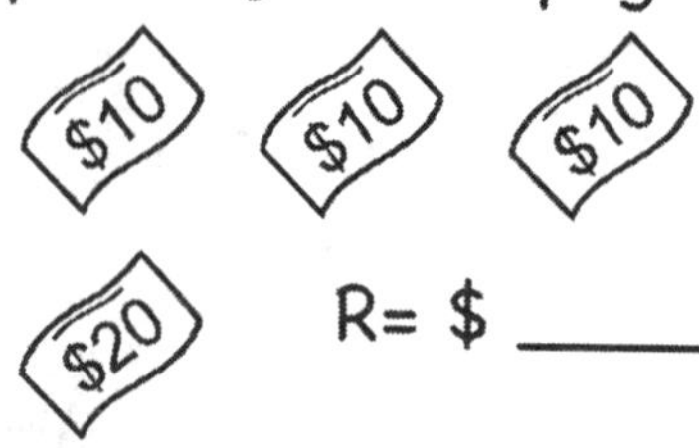

R= $ ___________

MATEMÁTICAS

Ubicación en el Espacio

Dibuja la figura que se te pide.

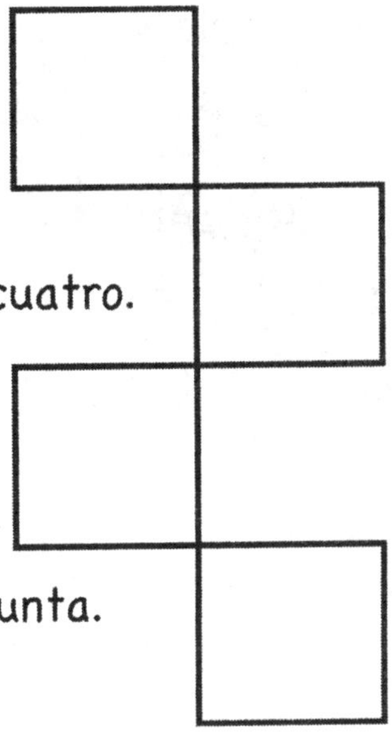

Tengo cinco lados iguales.

Todos mis lados son iguales y sólo tengo cuatro.

Soy redondo y tengo la misma distancia desde mi centro hasta mi perímetro.

Mis tres lados son iguales y termino en punta.

Une la figura desarmada con su respectivo cuerpo geométrico.

MATEMÁTICAS

Tablas de Multiplicar

Completa la serie para poder avanzar.

Medidas de Capacidad

Relaciona las columnas correctamente.

Es la unidad de medida para los líquidos.	g.
Sirve para pesar cosas que no son líquidas.	El Litro
Es la abreviación de gramos.	l.
Es la abreviación del litro.	La báscula

Convierte las unidades a la medida que se te pide.

ml. - cl. - dl. - l. - dal. - hl. - kl.

mg. - cg. - dg. - g. - dag. - hg. - kg.

40 l._____kl. 20 dag._____cg. 3 g._____hg.

5 dal._____hl. 15 mg._____dg. 0.05 cl._____l.

MATEMÁTICAS

Multiplicaciones

Ayuda a los niños a ordenar correctamente los resultados de las tablas de multiplicar.

16	36	24	18	32
9	56	64	81	90
27	8	72	45	54
40	80	63	72	48

TABLA DEL 8	TABLA DEL 9
8 x 1 =	9 x 1 =
8 x 2 =	9 x 2 =
8 x 3 =	9 x 3 =
8 x 4 =	9 x 4 =
8 x 5 =	9 x 5 =
8 x 6 =	9 x 6 =
8 x 7 =	9 x 7 =
8 x 8 =	9 x 8 =
8 x 9 =	9 x 9 =
8 x 10 =	9 x 10 =

Colorea

Colorea el dibujo como te indican los números.

1-azul oscuro 2-azul claro 3-verde oscuro 4-verde claro

5-café 6-naranja 7-amarillo

MATEMÁTICAS

Números Ordinales

Completa con número o letra, según corresponda.

8º	NOVENO	16º	DOCEAVO
________	________	________	________
DÉCIMO	13º	7º	UNDÉCIMO
________	________	________	________
TERCERO	20º	DÉCIMO QUINTO	18º
________	________	________	________

Ayuda al general a numerar con los ordinales en las líneas a sus soldados.

Series Numéricas

Ayuda a las abejas a completar la serie.

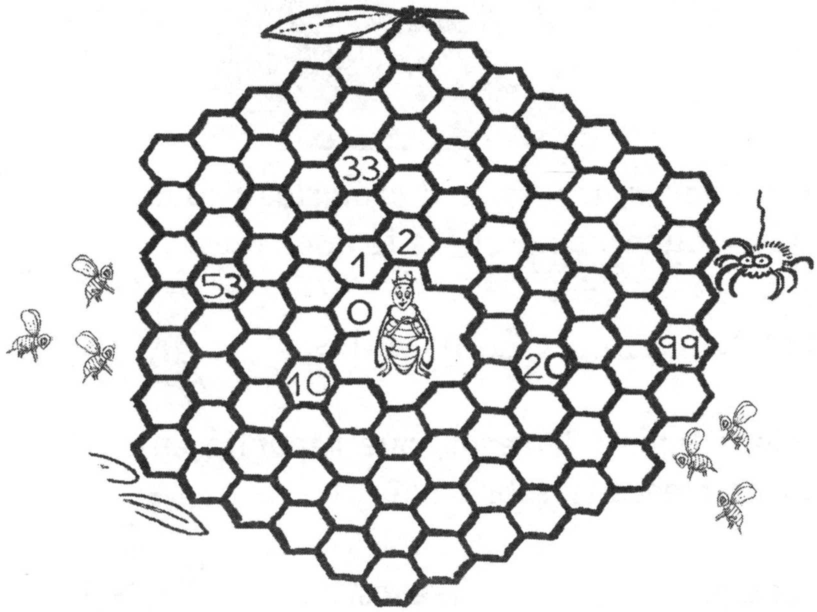

Une los puntos y descubre por qué está asustado el pollito.

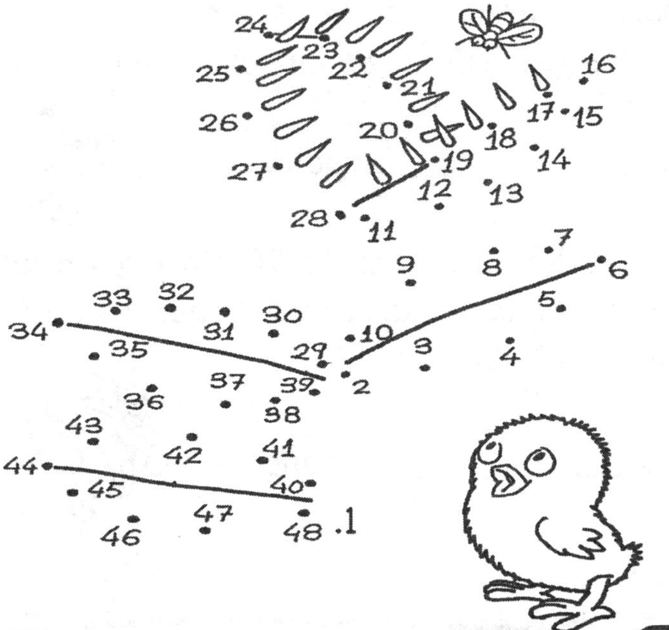

La División

Ayuda a la señora de la fruta a repartir su mercancía.

Tiene 40 naranjas y quiere armarles paquetes a 5 clientas. ¿Cuántas naranjas le tocan a cada una?

Respuesta:____________naranjas.

La señora tenía 62 fresas, que repartió entre 3 clientes. ¿Cuántas fresas le sobraron?

Respuesta:____________fresas.

Si la señora repartió 8 ciruelas a cada cliente y en total fueron 7 clientes, ¿Cuántas ciruelas tenía?

Respuesta:____________ciruelas.

La señora vendió un costal de 54 plátanos a un equipo de futbol. Si eran nueve jugadores, ¿cuántos plátanos le tocaron a cada uno?

Respuesta:____________plátanos.

El Área

Relaciona la figura con la fórmula de su área.

$a = l \times l$

$a = b \times h$

$a = \dfrac{b \times h}{2}$

$a = \pi \times r^2$

$a = \dfrac{D \times d}{2}$

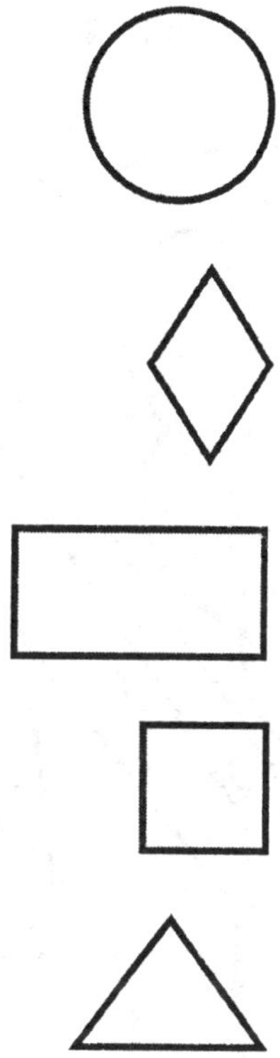

Encuentra el área de las siguientes figuras.

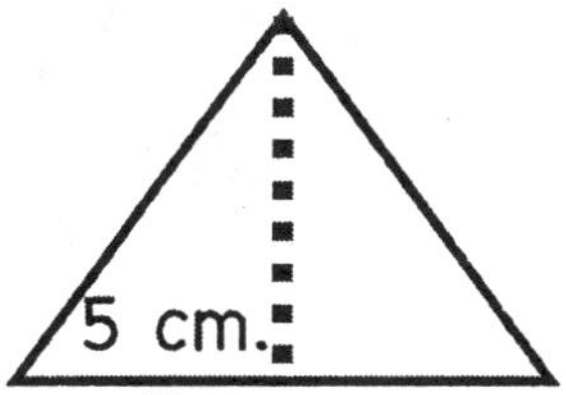

Resultado:__________

6 cm.

12 cm.

Resultado:__________

Ilumina

Colorea el dibujo de acuerdo con las letras

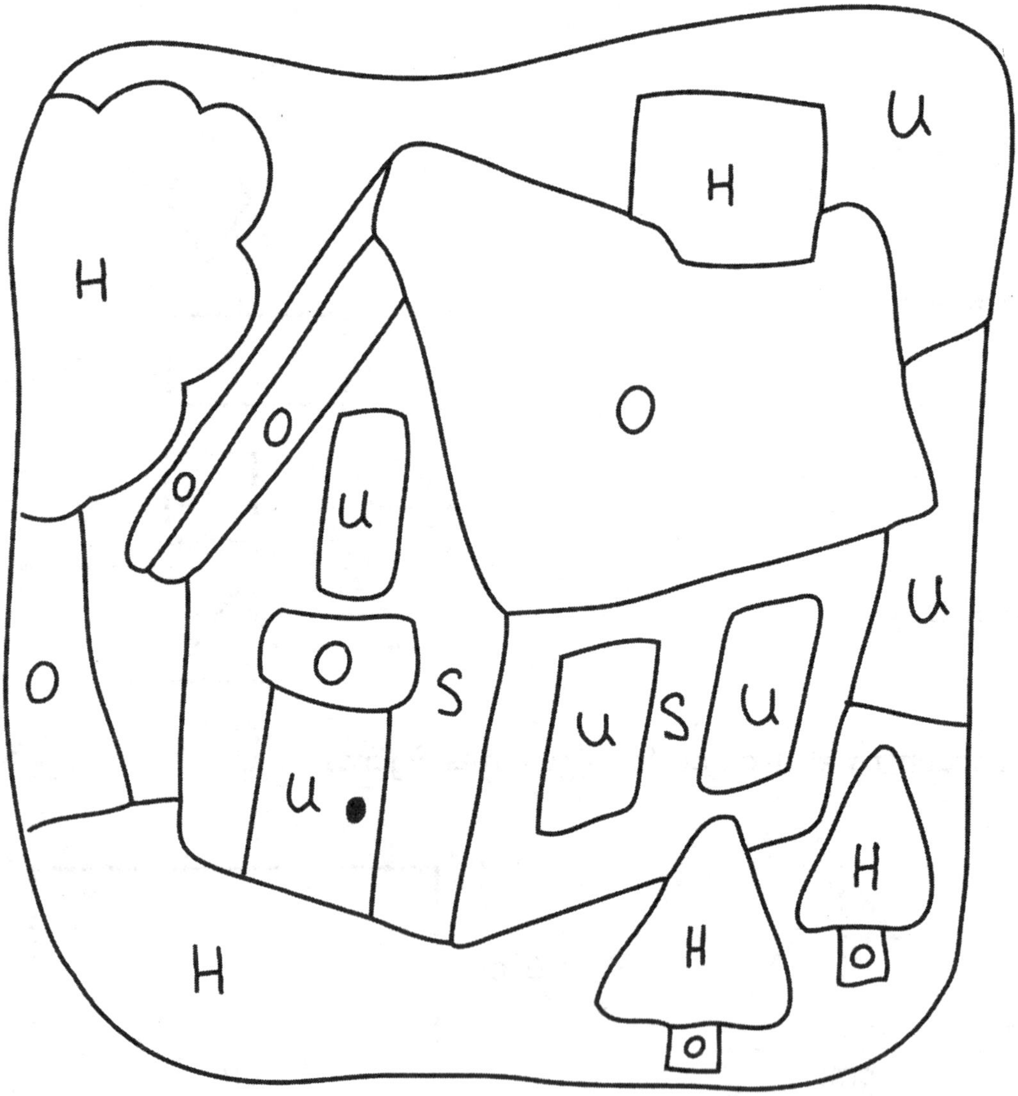

H- verde **O**- café **U**- azul **S**- rojo

Seres Vivos

Relaciona las preguntas con su respuesta correcta.

¿Cuáles son las características de los seres vivos?	ovíparos y vivíparos
¿Cuáles son los tipos de seres vivos que hay?	animal, vegetal y el de los hongos
¿Qué funciones tienen los seres vivos?	nacer, crecer, reproducirse y morir
¿Cuáles son los reinos en los que se dividen los seres vivos?	reproducción, nutrición y relación

Une a los animales con su clasificación correcta.

OVÍPAROS VIVÍPAROS

CIENCIAS NATURALES

Nuestro Cuerpo

Une las adivinanzas al dibujo que ilustre su respuesta correcta.

Dos arquitos de cristal,
que se abren y se cierran
sin rechinar.

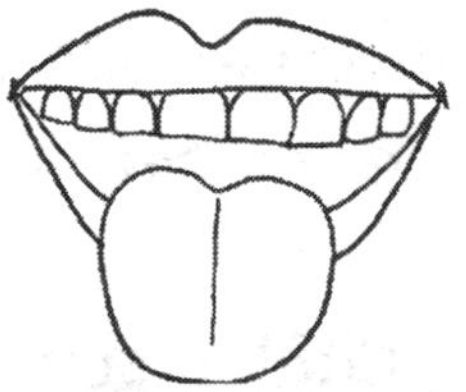

Dos iban por un caminito
caminando muy ligero,
uno al otro se decían:
yo primero, yo primero.

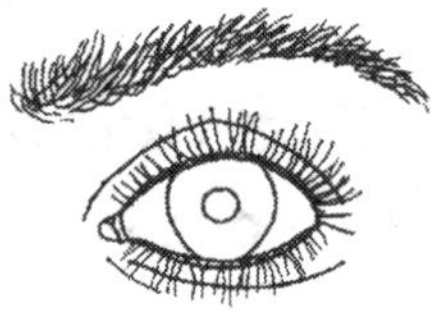

Una señora muy aseñorada,
siempre está en su casa
y siempre está mojada.

Escribe las partes del cuerpo que te indican los dibujos.

 ____________________

 ____________________

 ____________________

 ____________________

 ____________________

 ____________________

CIENCIAS NATURALES

La Higiene y la Alimentación

Completa las oraciones con las palabras de la sopa de letras.

Q W E R T U I O P A S D F Ñ L K
B H G H T U R J F M C T A P A R
Q E Z P Ñ O I K B J U Y H N B G
E R C R F T G L A V A R F U H F
E V N T D U Y B Ñ L Ñ A S W V X
C I M N E T O C O M E R A P Ñ Q
Ñ R I E M D Y R N C H F G T Q P
Q P O O E R T Y H S N D B C G J

Hay que lavarse las manos después de ir al __________.
Se debe __________ el agua para poder beberla.
Antes de __________ se deben lavar las manos.
Se debe __________ la boca, al estornudar o toser.

Escribe de qué se alimenta cada ser vivo.

__________ 

 __________

__________ 

 __________

__________ 

 __________

__________ 

 __________

La Localidad

Observa tu localidad y contesta las preguntas.

¿Vives en el campo o la ciudad?

___

¿Qué clase de plantas hay en el lugar donde vives?

___

¿Cuántos tipos de animales encuentras en el lugar donde vives y cómo son?

___

¿Cómo es el clima?

___

Dibuja en el recuadro tu comunidad.

CIENCIAS NATURALES

Transporte

Une las imágenes a la clase de transporte que les corresponde.

MARÍTIMO

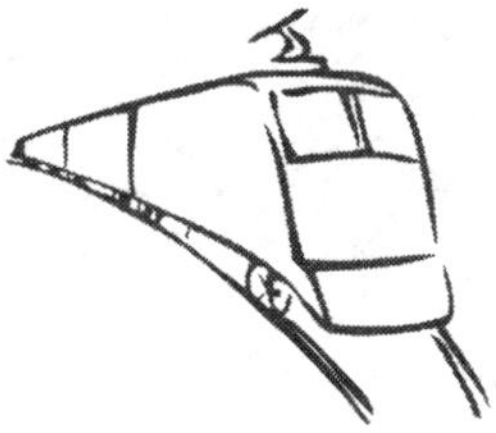

TERRESTRE

AÉREO

Los Puntos Cardinales

Coloca el Norte, el Sur, el Este y Oeste en la estrella, y completa las frases.

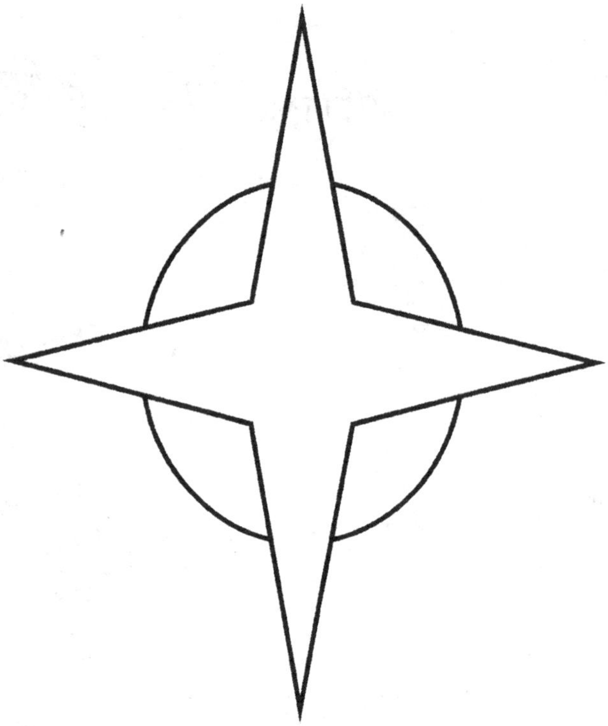

El Sol se oculta por el __________.

El Sol sale por el ____________.

¿En qué dirección está Canadá? ____________

¿En qué dirección se ubica Brasil? ____________

GEOGRAFÍA

El Sol, la Tierra y la Luna

Responde las siguientes preguntas.

¿Cuál es el satélite natural de la Tierra?

____

¿Qué movimiento origina las estaciones del año?

____

¿Qué movimiento origina el día y la noche?

____

¿Qué lugar en el sistema solar ocupa la Tierra?

____

Completa el dibujo del movimiento de traslación.

Fenómenos Naturales

Coloca un cruz en los fenómenos naturales y una palomita en los fenómenos producidos por el hombre.

Contaminación del aire.	☐	Los Huracanes.	☐
Erupción de un volcán.	☐	El Tráfico.	☐
Eclipse de sol.	☐	Incendio forestal.	☐
Los rayos.	☐	El Arcoiris	☐

Ahora dibuja tres de los fenómenos naturales que encontraste en el ejercicio anterior.

GEOGRAFÍA

El Paisaje

Dentro del costal encuentra el nombre del paisaje y escríbelo debajo de la imagen que le corresponde.

____

____

____

____

____

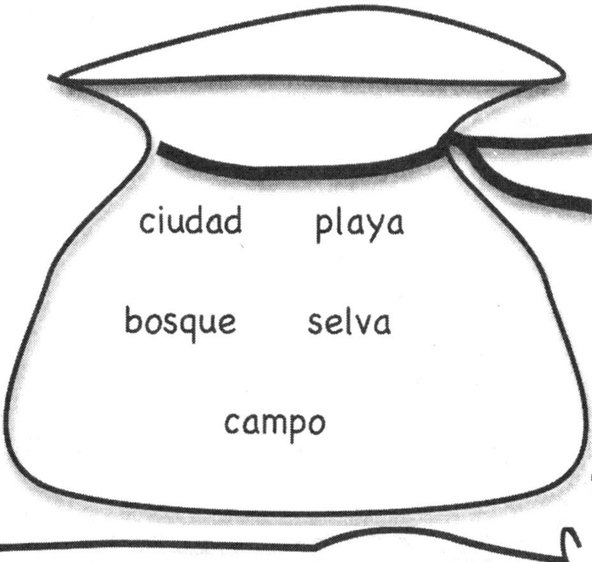

GEOGRAFÍA

La República Mexicana

Escribe el nombre de los estados señalados.

GEOGRAFÍA

Estados y Capitales

Escribe dentro del paréntesis el número de la capital que le corresponde a cada estado.

Aguascalientes ( )
Baja California Sur ( )
Coahulia ( )
Chiapas ( )
Distrito Federal ( )
Durango ( )
Estado de México ( )
Guerrero ( )
Jalisco ( )
Michoacán ( )
Nayarit ( )
Nuevo León ( )
Quintana Roo ( )
Sinaloa ( )
Sonora ( )
Tabasco ( )
Veracruz ( )
Yucatán ( )

1. Saltillo
2. Ciudad de México
3. Aguascalientes
4. Hermosillo
5. Tepic
6. La Paz
7. Monterrey
8. Tuxtla Gutiérrez
9. Villahermosa
10. Chetumal
11. Durango
12. Mérida
13. Veracruz
14. Guadalajara
15. Chilpancingo
16. Culiacán
17. Morelia
18. Toluca

Símbolos Patrios

Responde las siguientes preguntas.

¿Cuáles son los símbolos patrios?

____

¿Quién escribió la letra del Himno Nacional Mexicano?

____

¿Quién escribió la música del Himno Nacional Mexicano?

____

¿Cuáles son los colores de la bandera nacional?

____

Dibuja cómo realizas los honores a la bandera en tu escuela.

HISTORIA

Independencia de México

Encuentra dentro del recuadro los nombres de los personajes y escríbelos en la línea.

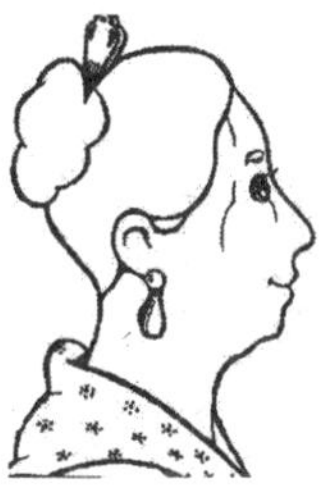  

Ignacio Allende   Vicente Guerrero

Andrés Quintanaroo

José María Morelos   Josefa Ortíz de Domínguez

Agustín de Iturbide   Miguel Hidalgo

Revolución Mexicana

Investiga y responde las siguientes preguntas.

¿En qué fecha se celebra la Revolución Mexicana?

____

¿Por qué se dio la Revolución Mexicana?

____

____

¿Quién fue Porfirio Díaz?

____

____

¿Quiénes fueron sus principales dirigentes?

____

____

¿Quién fue Francisco I. Madero y cuál era su lema?

____

____

Expropiación Petrolera

Investiga y responde las siguientes preguntas.

¿En qué fecha se conmemora la expropiación petrolera? ____________________

¿Por qué ocurrió esta expropiación?

____

____

____

¿Por qué es importante el petróleo para los mexicanos?

____

____

Dibuja algunos productos derivados del petróleo.

Tradiciones Mexicanas

Escribe cómo celebras las fiestas que se te indican a continuación y realiza un dibujo.

Posadas Navideñas

Día de la Independencia

Día de Muertos

Día de la Revolución Mexicana

HISTORIA

Biografía

Investiga la historia de Guadalupe Victoria y pega su fotografía.

Guadalupe Victoria

HISTORIA

Las Naciones Unidas

Investiga y responde las preguntas.

¿Qué quieren decir las siglas de la ONU?

____

¿En qué fecha surge la ONU?

____

¿Para qué se creó la ONU?

____

Menciona los principios de la ONU.

____

____

Investiga los derechos de los niños y escríbelos debajo de los dibujos.

Escribe las obligaciones que debes cumplir como niño.

Valores

Investiga en el diccionario el significado de las siguientes palabras.

Honestidad ____________________

Responsabilidad ____________________

Puntualidad ____________________

Voluntad ____________________

Respeto ____________________

Amistad ____________________

Generosidad ____________________

Solidaridad ____________________

Comprensión ____________________

Escribe cómo llevas a cabo el valor de la amistad con tu grupo de amigos.

____

____

____

____

FORMACIÓN CÍVICA Y ÉTICA

Acuerdos y Compromisos

Contesta las siguientes preguntas.

¿Para qué sirven los acuerdos?

¿Por qué es importante cumplir los compromisos?

¿Cómo realizan los acuerdos en tu familia?

Escribe algunos acuerdos que tengan en tu salón de clases.

Escribe los compromisos que tengas con tus amigos.

Fechas Cívicas

Completa las frases.

América se descubrió el _____ de ____________ de 1492.

El _____ de __________ se celebra la batalla de Puebla.

La Independencia de México se celebra el _____ de _____ ____________.

El día del trabajo se conmemora el _____ de __________.

Benito Juárez nació el _____ de ___________ de 1806, que es también, el inicio de la primavera.

El día de la bandera se festeja el _____ de ___________

Completa las oraciones con las frases del recuadro.

Juan de la Barrera, Francisco Márques y Vicente Suárez, son ____.

En Dolores Hidalgo, el Cura ______________________

____.

Cristóbal Colón viajó desde Europa ________________

____.

La constitución que nos rige actualmente ___________

____.

El 24 de Febrero, los mexicanos __________________

____.

-se promulgó el 5 de febrero de 1917.
-algunos de los Niños Héroes.
-festejamos el Día de la Bandera.
-Miguel Hidalgo, dio el grito de independencia.
-para probar que la Tierra era redonda y descubrir América.

FORMACIÓN CÍVICA Y ÉTICA

Escuela y Hogar

✎ Para llevar una buena convivencia en tu casa, escribe algunas reglas que sigue tu familia.

1- ______________________ 6- ______________________

2- ______________________ 7- ______________________

3- ______________________ 8- ______________________

4- ______________________ 9- ______________________

5- ______________________ 10- ______________________

✎ Ahora escribe las reglas que debes seguir en la escuela para llevar una buena convivencia con tus compañeros y maestros.

1- ______________________ 6- ______________________

2- ______________________ 7- ______________________

3- ______________________ 8- ______________________

4- ______________________ 9- ______________________

5- ______________________ 10- ______________________